그리스·로마 설화 4

열두 달 이야기

메네라오스 스테파니데스 글

1923년 아테네에서 태어나 경제학을 공부한 저자는 수십 년 동안 〈그리스 · 로마 신화〉를 연구하는 과정에서 아름다운 설화를 발견하여 감성이 가득 담긴 〈그리스 · 로마 설화〉를 엮었습니다.

포티니 스테파니디 그림

1962년 아테네에서 태어나 미술을 전공했고 〈그리스 · 로마 설화〉로 BIB 국제 비엔날레 도서상을 수상했습니다.

이경혜 옮김

한국외국어대학교 불어교육학과를 졸업했고 어린이들을 위한 다양한 책을 번역하고 창작하였습니다.

그리스·로마 설화 4
열두 달 이야기

메네라오스 스테파니데스 글 | 포티니 스테파니디 그림 | 이경혜 옮김

1판 1쇄 인쇄 2024년 10월 31일 | 1판 1쇄 발행 2024년 11월 15일
펴낸이 정중모 | 펴낸곳 파랑새 | 등록 1988년 1월 21일(제406-2000-000202호)
주간 서경진 | 편집 정혜연, 김보라 | 디자인 권순영
마케팅 홍보 김선규, 구지영, 고다희
제작 윤준수 | 회계 홍수진
주소 경기도 파주시 회동길 152 | 전화 031-955-0700 | 팩스 031-955-0661
홈페이지 www.yolimwon.com | 전자우편 bbchild@yolimwon.com
ISBN 978-89-6155-483-1 74800, 978-89-6155-479-4(세트)

The twelve months
Text copyright by Menelaos Stephanides
Illustration copyright by Photini Stephanidi All rights reserved.
Korean translation copyright arranged with Sigma Publications F.&D. Stephanides O.E.
through Shinwon Agency Co., Seoul.

어린이제품안전특별법에 의한 제품 표시
제조자명 파랑새 | 제조년월 2024년 10월 | 제조국 대한민국 | 사용연령 7세 이상

그리스·로마 설화 4

열두 달 이야기

메네라오스 스테파니데스 글
폰티니 스테파니디 그림

파랑새

그 아이들은 언제나

입가에 웃음을 띠고 있어서,

눈이 부시게 사랑스럽고 어여뻤답니다.

어머니의 따뜻한 사랑이 아이들의 키를

자라게 하고, 힘을 길러 준 것이지요.

옛날 옛날에 착하고 친절한 여자가 살고 있었
어요. 그 여자는 너무나 가난해서, 하루하루 사
는 일이 끔찍한 전쟁 같았어요.

그 시절에는 여자가 돈을 번다는 것이 아주 힘
든 일이었기 때문이에요. 게다가 키워야 할 아
이들도 있었어요. 그 여자의 남편은 다섯 명의
아이들만 남긴 채 일찍 세상을 떠났거든요.
도대체 어떻게 해야 여자 혼자 힘으로 다섯
아이들을 키워서, 세상에 훌륭하게 내보
낼 수 있을까요?

그 여자는 세상에서 가장 친절한 사람이었지만, 친절한 것만으로는 배고픈 다섯 입을 먹일 도리가 없었답니다.

그 여자의 초라한 집 근처에는 커다란 저택이 있었어요. 그 저택에는 부유한 여자가 남편과 아이들과 함께 살고 있었어요. 가난한 여자는 일주일에 한 번씩 부유한 이웃집에 가서 빵을 만들어 주었지만 부유한 여자는 심술궂고, 못된 여자여서 일한 값을 조금도 주지 않았어요. 그래도 가난한 여자는 기꺼이 그 일을 하러 갔어요. 빵 반죽을 다 하고 나면, 두 팔에 밀가루를 하얗게 묻힌 채로 집에 갈 수 있었으니까요. 손에 붙은 그 밀가루로 아이들을 조금이라도 먹일 수 있었거든요.

가난한 여자는 깨끗한 물이 담긴 냄비에 밀가루를 씻어 낸 다음, 불 위에 올려 끓였어요. 이런 식

으로 희멀건 죽을 만들어 배고파하는 아이들에게 먹였지요.

  가엾게도 이 아이들에게는 다른 먹을 것이 하나도 없었어요. 일주일 내내 쫄쫄 굶고 있으면서도 아이들은 엄마가 이웃집에 가서 빵을 만든 다음, 두 팔에 밀가루를 하얗게 묻힌 채로 집에 돌아오는 날을 참을성 있게 기다렸답니다.

  그렇게 가난하고 배고프게 자랐으니, 그 아이들이 당연히 야위고 창백할 거라고 생각되지요? 하지만 아이들은 뺨도 발그스레하고, 몸도 튼튼했어요. 그뿐이 아니었어요. 그 아이들은 언제나 입가에 웃음을 띠고 있어서, 눈이 부시게 사랑스럽고 어여뻤답니다. 그건 모두 어머니의 따뜻한 사랑을 받으며 자랐기 때문이에요. 어머니의 따뜻한 사랑이 아이들의 키를 자라게 하고, 힘을 길러 준 것이지요.

마음씨가 사나운 이웃집 아이들은 그렇지 못했어요. 그 아이들은 버릇없고, 심술궂어서, 새벽부터 저녁까지 심하게 싸워 댔어요. 그랬으니 아이들의 얼굴도 험상궂고, 보기 싫게 되었지요. 게다가 그 아이들은 어머니가 차려 놓은 음식만 보면 코를 쥐고, 얼굴을 돌렸어요. 그 모양이니 가난한 여자의 아이들보다 점점 더 창백하고 말라빠지게 될 수밖에요.

'어째서 저 여자의 아이들은 행복하고 환한 얼굴인데, 우리 아이들은 저렇게 푸르뎅뎅하고

찡그린 얼굴일까?'

부유한 여자는 혼자 생각에 잠겼어요.

'그래! 저 여자는 우리 집에서 나갈 때 손에 묻은 밀가루를 절대로 씻고 가지 않지. 그렇게 내 사랑스러운 아이들의 건강을 빼앗아 가는 거라구. 두고 봐라, 앞으로는 어림도 없지, 흥!'

가난한 여자가 그 집으로 가서 다시 빵을 만들어 주고 돌아갈 때였어요. 이번에는 양팔에 묻은 밀가루를 말끔히 씻어 내지 않고는 그 집을 나설 수가 없었답니다.

가난한 여자는 절망에 빠져 울면서 자기의 오두막집으로 돌아갔어요. 아이들 또한 엄마가 깨끗한 팔로 들어오는 것을 보고 울음을 터뜨렸어요.

가난한 여자는 곧 돌아서서 눈물을 닦고 씩씩한 미소를 지으며 말했어요.

"얘들아, 조금만 눈을 붙이고 있어. 그동안 이 엄마가 착한 물의 요정을 찾아가서 우리가 몹시 배고프다는 걸 말하고 올게. 물의 요정은 친절하고, 따뜻한 마음씨를 가진 데다 착한 아이들을 사랑하니까 우리 모두가 배불리 먹을 수 있는 커다란 빵을 줄 게 분명해."

가난한 여자는 마음을 굳게 먹고 당장 집을 떠났어요. 배고픈 아이들의 모습을 더 이상 바라볼 수가 없었거든요.

아이들의 젖은 눈망울 열 개가 동시에 엄마를 바라보았어요. 엄마의 부드럽고도 단호한 목소리가 아이들에게 희망을 주었지요. 아이들은 엄마가 꼭 커다란 빵을 가지고 돌아올 것이라고 믿었어요. 첫째가 먼저 눈물을 닦고 웃어 보이자, 뒤이어 동생들도 눈물을 거두었어요.

가난한 여자는 옛날부터 내려오는 이야기를 떠올렸어요. 엄마의 엄마, 또 그 엄마의 엄마로부터 전해 들은 이야기 말이에요. 그 이야기에 따르면 착한 물의 요정은 아주 멀고 먼 곳에 살고 있었어요.

가난한 여자는 끝도 없이 펼쳐진 길을 걷고 걸어서 마침내 거대한 산 아래에 도착했어요.

가난한 여자는 험하고 거친 산 위로 올라갔어요. 오르고 또 올라가니, 사람이라곤 살지 않는 쓸쓸한 곳에 커다랗고 웅장한 성이 있었어요.

가난한 여자는 문을 열고 안으로 들어갔어요.

그러자 천장이 무척이나 높고, 아주 커다란 방에 열두 명의 젊은 남자가 앉아 있는 모습이 눈에 들어왔어요.

그들 중 세 사람은 윗옷의 단추를 잠그지 않은 채, 꽃이 활짝 핀 나뭇가지를 안고 있었어요. 또 다른 세 사람은 윗옷조차 입지 않은 채, 잘 익은 황금빛 곡식 다발을 손에 쥐고 있었고요. 또 다른 세 사람은 짙은 보랏빛 포도송이를 들고 있었고, 나머지 세 사람은 두껍고 따뜻해 보이는 털옷을 단단히 입고 있었어요.

여자는 누구에게 다가가야 할지 고민하면서 천천히 방 안의 사람들에게 다가갈지 말지 망설였어요. 두렵기도 했죠.

그렇지만 그 순간 아이들이 생각났어요. 배고픔에 울부짖고 있을 아이들을 생각하니 문득 정신이 드는 느낌이었어요.

'먹을 것을 조금이라도 부탁해 봐야겠어……. 그런데 왜 윗옷을 벗고 있는 사람들이 있는 걸까? 그리고 왜 손에 꽃을 들고 있는 거지? 왠지 특별한 의미가 있을 것만 같아. 아, 너무 배고파…….'

가난한 여자는 자기 가족의 괴로움에 대하여 귀기울여 줄 누군가가 절실히 필요했어요. 그래서 사람들의 얼굴을 하나하나 신중히 쳐다보았죠. 자기 손에 밀가루 묻은 것조차 허락하지 않은 그 나쁜 여자처럼 혹시나 심술궂은 사람이 있을까 두려운 마음으로 차근차근 바라봤지만 다들 얼마나 착해 보이는지 몰랐어요. 가난한 여자는 이윽고 그 젊은이들이 이미 자기를 따뜻한 눈길로 바라보고 있다는 것을 깨달았어요.

젊은 남자들은 낯선 손님이 들어오는 것을 보자마자, 모두들 일어나서 반갑게 맞이했어요. 그들은 앉을 자리를 내주었고 그 여자가 배가 고프다는 것을 알고는 먹을 것도 가져다주었어요. 가난한 여자가 배고픔을 달래고 나자, 그들은 어떻게 해서 이토록 험한 곳에 있는 자기들의 성까지 오게 됐는지를 물었어요.

가난한 여자는 자기 가족의 괴로움에 대하여 젊은이들에게 털어놓았어요. 그들의 얼굴을 한 사람 한 사람 쳐다보면서요.

"부인은 봄의 달, 그러니까 3월과 4월과 5월을
좋아하세요?"

꽃이 활짝 핀 나뭇가지를 안고 있는 세 명의 젊
은이가 물었어요.

"그럼요, 젊은이들, 그 달들은 모두 아름답지요.
그때 땅은 초록색으로 덮이고, 밝은 빛깔의 꽃들로
예쁘게 단장을 하지요. 공기는 달콤하고, 새들은 모
두 즐겁게 노래를 불러요. 곡식의 어린 싹들은 날마
다 쑥쑥 자라고, 나무에는 조그맣게 열매도 맺히기
시작한답니다. 이런 달들을 사랑하지 않는다면 그
사람은 은혜를 모르는 사람일 거예요."

가난한 여자가 대답했어요.

'왜 이 사람들은 3월, 4월, 5월의 아름다운 계절
에 대해서 내게 묻는 것일까?'

아름다운 눈동자를 반짝이며 활짝 핀 꽃나무 가지를 안고 있는 세 명의 젊은이를 바라보면서 가난한 여자는 문득 궁금한 마음이 들었어요.

'그래, 그렇고말고. 나는 지금 이렇게 가난함 속에서 아이들을 키우지만 그 달들은 모두 아름다운 봄의 달들이라는 것을 잘 기억하고 있지. 나는 절대로 잊지 않아. 그때의 대지는 푸르게 물들고, 온 산과 들판이 아름다운 빛의 꽃들로 뒤덮이지. 숨을 쉴 때마다 공기의 맛은 달짝지근하고, 새들이 사랑스럽게 지저귀는 그 계절……. 온갖 태어나는 곡식의 자그마한 싹들을 내가 지금 이 순간 열매 맺게 할 수 있다면 얼마나 좋을까? 그럼 우리 아이들을 매일 배불리 먹일 수 있을 텐데…….'

아이들의 아빠와 사랑에 빠져 있던 순간도 떠올라 눈물이 흐를 지경이었지요. 그래요, 그 계절은

땅 위의 모든 인간과 하늘의 모든 신들이 예외 없이 사랑에 빠지고 새싹을 가꾸는 그런 아름다운 시간이었어요. 그렇지만 울면 안 돼요. 정신을 차려야 했어요. 아직 아이들을 먹일 무엇인가를 구하지도 못했거든요.

'괜히 이 성으로 온 것은 아닐까? 차라리 그 나쁜 여자에게 가서 먹을 것을 좀 달라고 구걸이라도 해 봐야 했던 걸까?'

가난한 여자의 혼란스러운 마음속을 아는지 모르는지, 젊은이들은 그녀와 아름다운 이야기를 계속 나눌 작정인 것 같았죠. 여자는 자신을 기다리는 아이들을 생각했어요. 다섯 아이들의 목소리가 귓가에 들리는 듯했어요.

여자는 자신을 기다리는 아이들을 생각하며 마음을 가다듬고 집중했어요.

"그럼, 여름은 어떻게 생각하세요? 6월과 7월, 그리고 뜨거운 8월은요?"

잘 그을린 갈색 가슴을 드러낸 세 젊은이가 물었어요.

"젊은이들, 그 석 달도 역시 좋은 달들이랍니다. 하나도 빠짐없이 말이에요. 뜨거운 날들은 곡식을 익혀 주고, 어린 짐승들을 무럭무럭 자라게 해 주지요. 농부들은 옥수수를 따고, 키질을 해요. 농부들은 나무에서 잘 익은 과일을 따면서 행복해한답니다. 자기들이 열심히 일한 대가를 받는 거니까요."

그래요. 생각해 보니 여름은 이제 다시는 돌아오지 않을 것만 같은 기분이 들었어요. 가난한 여인은 늘 아이들과 외롭고 배고팠기 때문에 그 계절은 이제 자신들과 어울리지 않는다는 기분이 들었거든요.

그렇지만 가난한 여자는 미소를 잃지 않고 속마음을 잘 가라앉히면서 세 젊은이에게 말했어요.

"여름은 인생의 계절 중에 가장 아름다운 시기예요. 제가 말한 옥수수나 과일 같은 것들을 기르는 과정이 얼마나 행복한 것인지를 자식을 키워 보면 알 수 있거든요. 그렇지만 저는……."

가난한 여자는 슬퍼진 목소리로 무엇인가 끝말을 하려다가 이내 울음을 삼키며 웃었어요.

'이어지는 가을과 같은 계절이 어쩌면 내가 가장 꿈꾸는 미래일지도 몰라. 결실을 얻는 기쁨을 나는 아직 아이들에게 선물해 주지도 못했어. 영그는 포도와 아름다운 금빛 곡식들을 얻는 뿌듯함을 나도 언젠가는 아이들에게 가르쳐 줄 수 있을 거야. 이 힘겨운 순간을 잘 이겨 내야만 해……'

가난한 여인은 마치 젊은이들이 그다음에 무슨 얘기를 꺼낼지 이미 알고 있는 듯한 표정으로 이야기를 이어 나갔어요.

"저는 포도나무에서 포도가 열리기를 얼마나 기다리는지 모릅니다. 올리브를 바구니 한가득 따서 신선한 기름을 짜낼 수 있길 매일 꿈꾸지요. 밭에서 곡식을 털어 따뜻한 음식을 지어 포도주와 함께 올리브유를 먹을 수만 있다면 한여름의 뜨거움은 얼마든지 기쁘게 견딜 수 있을 거예요."

"그럼 9월과 10월과 11월은요? 가을이라는 계절에 대해서는 어떻게 생각하시나요, 부인?"

잘 익은 포도송이를 한 움큼씩 들고 있는 세 젊은이가 물었어요.

"일하는 사람들이야말로 이 석 달을 간절히 기다린답니다. 어떤 사람은 포도나무에서 포도를 따고, 어떤 사람은 올리브를 따 모아 황금빛 기름을 짜지요. 다른 모든 사람들도 이 석 달이 오기를 손꼽아 기다려요. 비가 내리면 땅이 부드러워져서 농부는 밭을 갈고 씨를 뿌릴 수 있으니까요.

우리는 모두 땅에서 먹을 것을 얻으며 사니까, 누
군들 그런 날들을 기다리지 않겠어요?”

가난한 여자가 대답했어요.

이쯤 되자 가난한 여자의 마음속은 말할 수 없
이 슬픈 상태가 됐어요.

‘아아, 곡식이라니……. 내게 지금 필요한 것이
바로 그거야. 그 아름다운 계절에 온 지천에 널리
는 낱알들과 먹을거리가 내게는 주어지지 않는구
나. 하늘도 무심하시지. 아이들은 지금쯤 얼마나
배가 고플까? 나를 기다리며 울고 있을 텐데, 나
는 여기에서 아직 아무런 희망도 보이지 않고 있
으니, 미안하다. 애들아!’

포도나무의 포도, 올리브의 황금빛 기름……. 그
게 우리들의 현실이라면 무슨 걱정이 있을까요.
그 아름답고 풍요로운 향기는 상상 속에서만 가

능한 일이었으니까요.

그래도 가난한 여자는 미소를 지으려고 노력했어요. 젊은이들이 왠지 모를 강력한 힘을 주고 있었거든요.

'내게 자그마한 씨앗이 주어진다면 꼭 씨를 뿌리고 밭을 갈아서 농사를 짓고 말겠어. 그러면 미래를 꿈꿀 수 있게 될 거야. 이곳에서 내가 행운을 얻게 된다면, 반드시 그 꿈을 이룰 수 있을 거야……'

그러나 젊은이들은 가난한 여자의 마음속 고통에는 아랑곳없이 계속 이야기를 이어 나가려고 했어요.

가난한 여자는 울음을 참으려고 목젖을 가다듬었어요. 그러고는 자신을 따뜻하게 맞아 준 젊은이들의 질문을 잘 들으려고 기다렸지요.

"그럼 겨울의 달들은 어떻게 느끼시나요? 12월과 1월과 2월 말이에요."

두꺼운 외투를 껴입은 청년들이 물었어요. 그들 중에서 맨 끝에 서 있는 청년은 다리를 절어 불편해 보였어요.

"젊은이들, 그때가 오면 우리는 모두 아주 행복하게 지내요. 다른 달들이 필요한 것처럼 이 달들도 꼭 필요하지요. 다른 계절에는 힘들여 일하고, 이때가 되면 불가에 둥그렇게 모여 앉아 쉰답니다. 아이들도 엄마 아빠랑 어울려 노는 때가 겨울이에요. 어른들이 들판에 나가 할 일이 없으니까요. 겨울에는 또 크리스마스와 새해도 있고,

잔치들도 많이 열리고, 노래하고 춤추는 축제도 자주 열려요. 그래요, 젊은이들, 어느 달이나 다 아름답고, 다 필요하답니다. 하나하나의 달에는 각각 그 달만의 기쁨이 있고, 사람들에게 꼭 필요한 변화를 가져다주거든요. 어쨌든 가장 중요한 것은 계절이 바뀌는 것에 맞춰 우리가 일하고, 놀면서 살아갈 수 있다는 점이에요. 아! 남편이 아직 살아만 있다면! 남편은 열심히 일하는 착한 일꾼이었어요. 살아만 있다면, 우리 아이들을 저렇게 배를 곯게 내버려두지 않았을 텐데……."

말할 것도 없이 그 열두 명의 젊은이들은 바로 일 년의 열두 달이었어요. 그들은 가난한 여자를 안쓰럽게 바라보았어요. 그리고 그녀에게 선물을 주기로 했어요.

그들 중 한 사람이 밖으로 나가더니 도자기로

된 항아리를 가지고 돌아왔어요.

"이게 있으면 이제 부인의 아이들은 굶지 않게 될 겁니다."

커다란 빵이 아닌 작은 항아리를 본 가난한 여자는 약간 실망스러운 마음이 들기도 했죠. 괜히 이곳에 와서 젊은이들과 대화하느라 시간을 낭비하고 어리석은 짓을 한 것은 아닌지 자기 자신이 의심스럽기도 했어요. 그렇지만 그런 내색을 하지 않으려고 노력했어요.

"이게 뭘까요? 제가 받아도 되는 물건인가요? 사실 저는 지금 몹시 배가 고프고, 저희 아이들은 굶주린 채로 저를……."

가난한 여자는 말을 이어 나갈 수도 없을 만큼 심한 피곤함을 느꼈고, 곧 쓰러질 것만 같은 기분이 들었어요.

젊은이들은 가난한 여자를 바라보며 항아리의 뚜껑을 열었어요. 가난한 여자는 두 손을 모은 채 그 모습을 바라보았지요.

항아리 속엔 무엇이 있었을까요? 놀랍게도 그 속에는 금화가 가득 차 있었어요!

가난한 여자는 너무나 감사하여 흐느끼면서, 젊은이들을 차례로 한 사람씩 껴안았어요. 그러고는 기쁨의 눈물을 흘리며 산을 내려갔지요.

마을에 다다르자마자 가난한 여자는 배고픈 아
이들에게 줄 음식을 가장 먼저 샀어요. 그런 다음

부랴부랴 집으로 달려가 그 기쁜 소식을 아이들에게 알렸어요. 그 여자는 아이들에게 따뜻하고 좋은 옷들을 사 주고, 자기를 위해서도 입고 다니기 부끄럽지 않을 좋은 드레스를 샀지요.

얼마 지나지 않아 그 집은 온통 달라졌어요. 배고픔에 시달리던 쓰라린 시간들은 이제 지나간 슬픈 이야기로만 남게 되었답니다.

한편 부유한 여자는 이러한 이웃집의 모습을 보

고 어쩔 줄을 몰라 했어요. 한편으론 배가 아팠고, 또 한편으론 궁금해서 견딜 수가 없었어요. 참다 못한 부유한 여자는 친절한 이웃 여자를 찾아가서 이 모든 게 대체 어디서 났느냐고 물었어요. 물론 착한 여자는 자기들을 도와준 젊은이들에 대해, 친절하게 다 말해 주었지요.

부유한 여자는 조금도 주저하지 않고, 당장 누더기 옷을 걸친 채 험한 산을 향해 떠났어요. 그 여자는 성을 찾아내 안으로 들어갔어요. 열두 명의 젊은 남자들은 그 여자도 따뜻하게 맞이해 주었어요.

그들은 부유한 여자를 자리에 앉게 하고 먹을 것을 가져다주었지요. 그 여자는 음식을 흘낏 보더니 코웃음을 치며, 입도 대지 않았어요.

"아까 길가에서 마른 빵을 한 조각 주워 먹었더

니, 먹고 싶은 생각이 싹 달아났네."

부유한 여자는 아무렇게나 둘러댔어요.

젊은이들은 바보가 아니었지요. 그들은 부유한 여자가 어째서 배가 고프지 않은지 잘 알고 있었답니다.

"부인은 저 아래 마을에 사시나요? 그곳 형편은 어떤가요?"

그들 중 한 젊은이가 물었어요.

"아, 말도 못 하게 끔찍해. 더 이상 나쁠 수가 없다구."

부유한 여자가 대답했어요.

"그렇지만 분명 일 년 내내 나쁜 것은 아니겠지요. 어느 달이 가장 살기 좋은가요?"

"가장 좋은 달이라고? 차라리 가장 나쁜 달이 어떤 달이냐고 물어보지! 여름은 내내 숨을 쉴 수가 없어. 너무 더워서 말이야. 그다음에 9월하고 10월, 11월이 되면 이건 또 비가 와서 문밖에 나갈 수가 없거든. 가을이라 허리가 빠지게 일하는 건 제쳐 두고라도 말이야. 정말 지옥 같다니까. 그 다음엔 진저리 나는 12월하고 1월하고, 다른 달보다 사흘이나 짧은 망할 놈의 절름발이 2월(2월의 젊은이는 그처럼 사나운 말에 몸을 움츠렸죠!)이 오지.

그 석 달 동안엔 사나운 북풍이 연이어 불어 대고, 눈이 쏟아져서 집 안에 들어앉아 꼼짝도 못 해. 그런 다음에 이제 좋은 날이라곤 못 보겠구나, 하고 희망을 버릴 때쯤 해서 마지막으로 봄이란 게 온단 말야.

그런데 막상 봄이 와 봤자 뭐가 있어? 3월이 오자마자 날씨는 다시 춥고 눅눅해지고, 일은 끊임

없이 해야 되고……. 말이 좋아 봄이지! 젊은이들, 어느 달이나 다 그게 그거야! 한 달이 끝나면 다른 달이 시작되지만 어느 것 하나 좋은 게 없다구! 부자들한테도 그러니 우리 가난뱅이들한텐 물어보나 마나지. 하지만 젊은이들이 이 불행하고 가난한 여자를 도와준다면 그놈의 열두 달 때문에 시달리는 걸 좀 잊고 살 수 있을 거야.”

젊은이들은 부유한 여자의 심술궂은 말 앞에 아무런 대꾸도 하지 않았어요. 그들은 그냥 2월에게 고개를 끄덕였지요. 2월은 절뚝거리며 나가서 저번과 똑같은 항아리 하나를 가지고 돌아왔어요.

“이것은 부인에게 드리는 겁니다. 집에 가기 전에는 절대로 열어 보지 마십시오. 누굴 만나더라도 말입니다. 집에 가서도 문이랑 창문이랑 꼭꼭 걸어 잠근 다음에 혼자서 열어 보도록 하세요.”

열두 명의 젊은이가 부유한 여자에게 말했어요.

"알았어, 알았다구. 내가 그걸 다른 사람들 앞에서 열어 볼 바보인 줄 알아? 혼자서만 몰래 열어 볼 테니, 걱정 말라구."

부유한 여자는 이 말을 듣고 좋아서 어쩔 줄 모르며 대답했어요.

그 여자는 빨리 항아리를 열어 보고 싶은 마음에 온몸이 들썩들썩해서, 고맙다는 말 한마디 할 틈도 없이 항아리를 낚아채 성을 빠져나갔어요. 그리고는 허둥지둥 집으로 달려가 자기 방으로 뛰어 들어간 다음 문이란 문은 다 꼭꼭 닫아걸었어요. 부유한 여자는 혼자서만 보물을 즐기고 싶은 마음이 굴뚝같았으니까요.

그러나 항아리를 막고 있던 뚜껑을 연 순간, 부유한 여자는 날카로운 비명을 지르며 정신을 잃고 바닥에 쓰러졌어요. 항아리에는 금화는커녕 꿈틀거리는 뱀들만 우글거리고 있었거든요!

  욕심쟁이 부자 여자는 나쁜 짓을 한 벌을 받은 거예요.

  그렇지만 그 여자의 가난한 이웃은 이제는 더 이상 가난하지 않게 되어, 아이들과 함께 오래오래 행복하게 잘 살았답니다.

문해력을 키워주는
감성의 보물창고 <그리스·로마 설화>

 여러분은 <그리스·로마 신화>에 대해 평소에 많이 들어 보았을 거예요. 상상력의 보물창고라는 별명을 가진 <그리스·로마 신화>는 고대 그리스에서 생겨나 로마 제국으로 이어지는 신들의 이야기입니다. 옛닐 사람늘의 상상 속에서 창조된 제우스, 헤라와 같은 신비로운 신들의 이야기인 <그리스·로마 신화>는 수천 년이 지난 현대사회에서도 마치 생명이 있는 것처럼 살아 숨을 쉬는 이야기로 여겨집니다. 이렇게 오늘날까지도 과학과 철학 그리고 예술 세계에 큰 영향을 미치고 있어 꼭 읽어야만 하는

<그리스·로마 신화>는 엄청나게 많은 신들의 세계가 복잡하게 얽혀 있는 커다란 규모의 이야기이기 때문에, 신화 속의 세계를 깊이 있게 이해하기 위해서는 세상에서 실제로 일어나지 않는 일을 마치 실제처럼 재미있게 엮은 이야기 즉, 전해져오는 상상의 이야기를 감성으로 이해할 줄 알고 익숙해져야 합니다. 그래서 신화와 함께 읽는 감성의 보물창고 <그리스·로마 설화>를 여러분에게 소개합니다. 지금부터 떠나게 될 <그리스·로마 설화>에는 바로 그런 옛날이야기들이 가득 담겨 있습니다. 특별한 민

족의 사이에서 조상들의 입으로 전승되어 오는 전설이나 민담의 이야기가 바로 설화입니다. 그래서 설화는 익숙한 옛날이야기 같기도 하면서 신화처럼 신비롭기도 하고, 마치 앞으로도 일어날 수 있을 것만 같은 상상의 세계를 감성의 보물창고로 열어주고, 신화를 읽기 위한 문해력을 풍부하게 성장시켜줍니다. 이제 상상력의 보물창고 <그리스·로마 신화>와 함께 읽는 감성의 보물창고 <그리스·로마 설화>를 통해 재미있는 보물찾기 여행을 함께 떠나 보세요.

감성의 문해력을 키워주는
《그리스·로마 설화》

뇌과학자 정재승이 추천하는
인간을 이해하는 12가지 키워드로 신화읽기
《그리스·로마 신화》